动物的前世今生

第一辑

贾月珍/著　　仝　珊/绘　　飞思少儿科普出版中心/监制

犬科家族

电子工业出版社·

Publishing House of Electronics Industry

北京·BEIJING

人类最忠实的伙伴——狗

狗会对主人察言观色，能听懂主人的话，还会思考事情。在所有的动物中，狗是和人类关系最近的伙伴和帮手。

　　狗的品种多样。按毛色分，就有黄色的、白色的、黑色的、杂色的、等等；按耳朵长度分，有长耳狗，也有短耳狗；按体型大小分，大型犬的个头和老虎差不多，小型犬的体重只有1千克左右。

狗是杂食动物，尤其喜欢吃肉和骨头，不管生肉、熟肉，它们都喜欢。

狗的消化能力特别强，吃过的食物很快就消化完了。它们的身体需要大量的蛋白质和脂肪，这使它们总是一副垂涎欲滴的样子。

其实，狗是一种很讲卫生的动物，很少随地大小便。它们总是找个隐蔽的地方当厕所，甚至刨个坑，在坑里大便。

　　夏日炎炎，人们打开电扇、空调来避暑。狗热了怎么办呢？它有自己独特的散热方法——把长舌头伸出嘴外，耷拉着，再"哈哧哈哧"地喘着粗气。这样，狗就凉快多了。

狗的记忆力一流，见过的人、闻过的味、走过的路，一次就能记住。而对于陌生的人和气味，狗也会特别敏感。因此人们把狗训练成看门狗或警犬。

汪

……

狗不喜欢被人摸头顶，而要是摸它的颈部和背部，它就会和你亲昵起来。不过，不要随便去摸陌生的狗，一旦被它抓伤要尽快去打狂犬疫苗。

狗除了"汪汪"叫以外，还会用摇尾巴来表达感情。

尾巴摇摆，表示友好；

尾巴翘起，表示喜悦；

尾巴下垂，表示生气；

尾巴夹起来，表示害怕。

我是来自东方的狼——狗的进化

　　在远古森林里，有一种身材细小、牙齿细而光、跑得很快的动物，人们叫它细齿兽。细齿兽经过长久的进化，分化成狗和猫两种。没想到吧？水火不容的狗和猫还是兄弟呢！

猫和狗刚出现时，体型大小差不多，常常为食物发生争斗。狗比猫驯化得早，在1.5万年前，它就成为人类的伙伴了。

　　3 000万年前，地球上最多的两种犬科动物是指狗和黄昏犬。指狗的个头比较大，身长60厘米左右；而黄昏犬的个头较小，更像猫，嘴巴尖尖的，每只后脚上有5个爪子。它们都吃小型动物和昆虫。

再到后来，新鲁狼出现了。它是地球上最早出现的狼。它不太适合奔跑，只能躲在暗处，伏击一些小动物。

狮子、老虎等大型凶猛的动物都是新鲁狼的天敌。为了观察地形、躲避危险，新鲁狼脖子变长，头抬高了，尾巴粗大起来，四肢也变得细长。

到距今100多万年的时候，狼已经非常出色了。它有着高度的嗅觉和听觉，能辨别上万种气味；一个地方，哪怕有动物在四五小时之前经过，它都能闻得出来；几百米以外的脚步声，它把耳朵贴在地上听，就能识别出是敌人还是美味。这便是现代狼。

　　狼攻击小动物，但它本身也处于危险中。当一只狼单独遇到凶猛大兽时，难免会被吃掉。在漫长的进化中，狼与狼结成团队，共同进退，互相配合作战。在草原的夜晚，成群的狼一齐出动，无数只绿眼睛在夜色中闪烁。这样的狼群，连大型动物也不敢轻易靠近。

人类出现并学会用火烤肉后，便开始捕猎。狼也是人类的捕食对象之一。有时候，人们捕到了母狼，母狼生了小狼崽，人们就把小狼崽养起来。从小跟着人类长大的狼崽帮人类做事，渐渐成为狗。

　　科学家们在东亚找到了人与狗在一起的化石。经考证，该化石距今大约1.4万年。人类通过对狼和狗的遗传基因进行检测，发现它们之间的差异不到1%，因此推断狼就是狗的祖先。而且，就化石发现地来看，可以说狗是来自东方的狼。

019

由敌人到朋友——狗与人类

狗跟主人生活久了，就会成为主人的保护神和忠诚的朋友，能帮主人做很多事情，比如叼鞋子，看护小孩，保护羊群，等等。狗是一种重感情、知恩图报的动物。

凶狠的狼也有善良的一面。传说，有一个小女孩在森林中走失了，被一只母狼救了。母狼不仅没有吃掉小女孩，还把她跟自己的小狼崽放在一起喂奶。女孩学会了像狼一样爬行、跳跃、嘶吼……除了身形，她具备了狼的各种特性，成了"狼孩"。

可能是因为狼重感情的原因，人类才能把狗驯化成为自己忠实的朋友。狗凭借着敏锐的视力和听力，遇到有动物来偷吃人类的牲畜，就会提前发出警报，并用它锋利的牙齿、迅猛的动作击退来袭击的动物。

在原始社会，人们训练狗牧羊或配合人围攻猎物。当人守在某个出口时，狗就会去驱赶被人盯上的动物，比如鹿。狗狂叫着把鹿赶进主人事先设好的埋伏圈里，鹿就会被人轻易地捉住了。如果没有狗的帮助，人可能白忙一场，根本追不上奔跑健将——鹿。

后来，人们还把牛、羊、鸡等动物捉到家里饲养。狼、黄鼠狼、狮子、老虎等食肉动物就闻着味来了。对于它们来说，捉住圈在围栏里的动物显然比在野外寻找更省事。这时候，狗跳出来了，爆发出本性中狼的凶猛一面，与来袭的动物交锋。

牧民们离不开牧羊犬。当羊群在野外吃草时，会被许多偷袭者盯上，比如天上的雄鹰、地上的猛兽。这些动物来的时侯，单凭牧羊人根本无法招架。于是，牧羊犬发挥威力的时候到了。有的牧羊犬可以单独带着羊群在野外吃草，不需要牧羊人亲自去。

在许多寒冷的地区地面上全是冰，人们走在上面不停地跌跟头，汽车在上面不住地打滑，自行车、摩托车就更不用说了，连马也不能驮着人行走。这时候，狗成了重要的交通工具，在茫茫雪地上，拉着雪橇奔跑。

提起警犬就更威风了。警员们挑选品种优良的狗，对它们进行特别训练。除了加强嗅、听的本领，警犬还要学习跳跃、扑斗、躲避子弹和刀枪等本领，还要学会听警员的口令。在追捕罪犯时，警犬是警员的好搭档。

犬科家族

　　有一部电影叫《导盲犬》，演的是一些热心的狗为盲人服务，帮助他们横过马路，并保护着盲人们去想去的地方。狗是那么聪明可爱、善解人意，因此，许多人家里都养了宠物狗。经过调教的狗会表演各种节目，成为主人孤单时的知心朋友。

狼和狗共处的世界

狗是由狼进化来的，而狼并没有因为狗的出现就消失。有些时候，狼会威胁到人类的性命，而狗保护着人类，于是，狼与狗成了敌人。有趣的是，狼和狗厮杀，大多是狗获胜。这可能是因为狗经过调教，会用一些战术的缘故吧。

世界上有许多种狼，童话故事里出现得最多的就是灰狼。灰狼出没在北半球，在狼家族中是体型最大的，连尾巴算在一起身长达 2 米。灰狼追击猎物冲刺时的速度会达到每小时 65 千米，称得上风驰电掣。

　　动画片《喜羊羊与灰太狼》中，灰太狼的太太是红太狼。世界上真的有红色的狼，叫红狼。红狼生活在北美洲的森林和沼泽地带，体型较小而瘦，看上去很温顺的样子。红狼是濒危动物，到21世纪初，世界上只有100多只红狼了。

　　在荒漠和草原上有一种狼，从头部到臀部之间的脊背上长着一条长长的鬃毛，乱糟糟的，它就是土狼。土狼的外形跟鬣狗很像，土黄色或灰色的毛中夹着黑色横纹。土狼的口味很怪，喜欢把舌头伸进树洞里舔白蚁吃。

在冰冷的北极，生活着北极狼。北极狼通身雪白，在雪野里奔跑，像白色的精灵一闪而过，所以它也叫白狼。北极狼体型中等，身高约1米，身上有厚厚的毛保暖。它的耐力非常强，能在茫茫冰川上长时间迁移。

　　狼、熊和猫都是细齿兽的后代。黑熊也被叫做狗熊，那是因为它和狗都不会攻击倒在地上露出肚皮的对手。

　　狼狗到底是狼还是狗？狼狗是一种外表很像狼的狗。它的父母一方是狗，一方是狼。它性情凶猛，多被训练成警犬、猎犬。

人们常常把在外面流浪、无家可归的狗叫野狗，其实它们是被人类抛弃的家狗。真正的野狗叫豺。豺非常凶残，喜欢追逐羊、兔子、麝鹿等动物。

　　鬣狗看上去像豹子。只是身形比豹子细瘦，头比家狗的短而圆。它也是肉食动物，特别喜欢吃腐肉。

驯狗是一件需要爱心的工作

　　我们看马戏团里的狗表演时，驯狗师站在一旁不断地做手势扔食物，狗才肯做有趣的动作。不知道你注意到没有，驯狗师总是面带微笑，那是因为狗跟人一样，喜欢被赞美。驯狗要有耐心，更要有爱心。

驯狗要准备许多玩具，一个线团、一个皮球，都能让它玩儿上半天。如果你想让小狗记住自己的名字，就要一边拿玩具或食物逗它，一边叫它的名字。

接着，就是训练狗明白你的语言、表情和手势。当你需要它站立起来时，最好举起食物或色彩艳丽的玩具，这样训练多次，每当你举起这个食物或玩具时，它就会应声立起。

狗钻火圈是很危险的游戏，可是那些狗一看到主人的手臂在空中划着弧就毫不犹豫地冲上去，钻进圈里。这也是经过很多次训练才能做到的。

千万不能拉狗的头，或是对着狗大喊大叫，甚至粗暴地拳打脚踢。这种虐待行为只会让狗感到恐惧而逃跑。

狗急了可能会追着人咬。一旦这样，制止它的办法不是踢它，而是用水枪射它的脸，它就会安静下来了。

驯狗要有耐心，单是叫它帮忙拿鞋这件事，就要训练很多次。如果它看一眼没有反应，也不要急，多训练几遍就好了。

狗也有发脾气的时候，遇到不喜欢的窝或食物，狗就会冲着大叫，或者弄坏那些东西。这时候，主人要轻言轻语地对它讲话，抚摸它，叫它适应并接受。

去抱养一只小狗，或者把流浪狗带回家，首先要做的是什么呢？那就是跟它熟悉，多跟它说话，最好再拿来一些食物。这样做它就会对你产生好感。等它跟你亲近了，再展开你的训练计划吧！

世界十大名犬

　　第一名当属藏獒。它生活在青藏高原，是我国特有的犬种哦！藏獒对陌生人有强烈的敌意，在主人面前却非常温顺。它的强项是守护领地和食物，是人们护院、牧马的得力助手。

　　排名第二的是高加索犬。它在历史上可是大明星哦！50多年前，7 000只高加索犬在德国柏林墙外昼夜巡逻，可威风了。它的体型比藏獒还大；有一双深凹的黑眼睛，视力极好；前肢又直又长，强健的脚爪能在不平的地面上站稳。想必正是凭着这些优点，它才能当巡逻员吧！

　　第三名是纽波利顿犬。这张脸很熟悉吧？在好多外国电影里都能见到黑黑的它，趴在贵族家的阳台上。它最大的特点就是那一脸褶子，皱纹一条条地延伸到下巴，再垂到脖子，形成一个大袋子。它一身黑，像夜行客，两只眼睛吊着，冷冷的，让人胆颤心惊，一旦发起进攻就不死不休。

　　排在第四的巴西非勒犬是有名的追踪犬。它的外表十分恐怖，尖牙锋利，身体魁梧，粗粗的脖颈有下垂的肉。当它发现猎物时，不是马上攻击，而是想法设法困住对方，直到主人赶到为止。据说，它曾是奴隶主们的宠物，帮着奴隶主追踪逃跑的奴隶。

　　第五名是法国波尔多犬。它看上去虎头虎脑的很可爱，全身长满红棕色的毛，脑门、脸颊上有弯曲的花纹。别看它身高不到70厘米，却很有力气，也非常凶猛。它曾经是猎人围猎熊、野猪等大型动物的好帮手。它最擅长只身进入危险的地方，引诱敌人走进猎人设好的伏击地。

这只白白净净，长着粉嘴巴的狗叫阿根廷杜高犬，它名列第六。它最早是作为斗犬被培育出来的。它生性凶猛，咬住对方就会死也不放。据说，一只杜高犬可以抓获凶猛的野猪，五只一起出击就能捕获大块头的熊。

　　排名第七的中亚牧羊犬看上去漂亮可爱，小小的耳朵贴着圆圆的头顶，静静地等待着主人的命令。跟外表很相符的是，它有强烈的保护欲，对家人特别是主人家的小孩能友善地对待和保护。而在入侵者面前，它又很凶猛，哪怕是老虎，它也敢较量。

　　排在第八的西班牙纳利犬名声不太好，是被评为伤人最多的狗。它有个绰号叫"狂暴战士"，可见它有多粗鲁凶残了吧！它喜欢独来独往，不能跟同类友好相处，更别说其他动物了。它还特别容易激动，好斗。因此，人们训练它斗犬用。

名列第九名的牛头梗样子很怪。它的两只耳朵像小牛的牛角一样直挺着，眼角也向上吊起来，这使它看上去很难缠。人们叫它"怪异杀手"，据说它在3分钟之内就能把一只烈犬咬死。不过它对人类还是很友好的，特别是看到孩子，会亲昵地伸出舌头表示友好。

　　排在第十名的是土佐犬，它是日本专门的打斗犬。在日本，有专门的土佐打斗赛，像相扑比赛一样正规。这种狗体格强壮威严，走路时步伐大而有力；性格勇敢沉着，战斗时不叫，动作也很轻。如果身边有突发事情，它不会像别的狗一样乱叫，而是静静地观察之后，再采取行动。

狗的故事

忠犬八公

这是一个真实的故事。1924年的一天，日本东京大学农业系的教授上野秀三郎在一个小镇的车站等车，这时候，一只流浪狗用哀求的眼神望着他。于是，他把小狗带回家，和女儿一起为它洗澡、喂食，照顾它。一段时间过去，全家人都对小狗产生了感情，于是决定把它留下来，并取名叫八公。

八公对自己的恩人上野教授非常留恋，每天早上都站在家门口目送他出门去上班，傍晚就早早地跑到附近的涩谷车站迎接他。八公总是踮着小腿跟在主人身边，赶上下雨下雪也不间断，简直形影不离。上野教授有空就陪八公做捡球的游戏，玩儿得不亦乐乎。八公和上野教授在一起的画面，在车站附近的人都天天看到。

可是这天，八公在车站等了好久，火车一趟一趟过去，人不断地涌出来，又散去，一直不见主人的身影。八公很难过，失神地望着冰冷的铁轨。此时，上野教授正躺在医院的病床上。他突然中风，抢救无效去世了。他再也不能从火车上走下来，爱抚八公的后背了，也不能跟它玩儿球了。

　　可是八公不知道主人回不来了。在家里找不到主人，八公就每天傍晚去车站等候，风雨无阻，直到自己老了，死去的那天。后来，上野教授的学生把八公的故事写成文章发表，感动了人们。人们称它为"忠犬八公"，还在车站前为它立了铜像，车站入口就叫做"八公入口"。

图书在版编目（CIP）数据

动物的前世今生 ：全彩．第1辑．犬科家族 ／ 贾月珍著 ；仝珊绘．

北京：电子工业出版社，2011.6

ISBN 978-7-121-13560-6

Ⅰ．①动… Ⅱ．①贾… ②仝… Ⅲ．①犬－少儿读物 Ⅳ．①Q95-49

中国版本图书馆CIP数据核字(2011)第087856号

责任编辑：郭 晶 李娇龙
文字编辑：李静敏
印 刷：中国电影出版社印刷厂
装 订：
出版发行：电子工业出版社
 北京市海淀区万寿路173信箱 邮编：100036
开 本：889×1194 1/24 印张：7.75 字数：93千字
印 次：2011年6月第1次印刷
定 价：43.50 (元 (全套3册)

以下人员也参与了本书内容创作：吴磊 王桂宇 石磊 杨学亮 李媛

凡所购买电子工业出版社图书有缺损问题，请向购买书店调换。若书店售缺，请与本社发行部联系，联系及邮购电话：(010) 88254888。

质量投诉请发邮件至zlts@phei.com.cn，盗版侵权举报请发邮件至dbqq@phei.com.cn。

服务热线：(010) 88258888。